エンジェル・イン・ザ・レイン

Sandy Heart　サンディ・ハート

詩小説（ドラマチック・ポエム）

エンジェル・イン・ザ・レイン

〔目次〕

Ⅰ

二〇××年　初夏　午後。
一人で近所の公園を散歩していると
突然　・・・その声は聴こえてきた。

「バケモノだ！バケモノ！」

口々にそう叫びながら
二、三人の小学生の男の子達が
こちらの方へ走ってきたのだった。

始めは一体何の事だろうと訝《いぶか》った
私だったが、
その男の子達が走りながら
指差している方向を見やると
そこには　確かに
一人のまだ二十代だと思われる
若い女性が立ち竦《すく》んでいたのだった。

あの女性《ひと》がどうしたのだろう？

多少の好奇心と共に
その女性の方へ二、三歩　踏み出した私は

一瞬　ギョッとして
立ち止まってしまった。

――その女性の顔の左半分が
「岩」のように醜くただれていて
全く眼もあてられないのだった。

だが、その顔の「ただれ」さえ無ければ
美しい部類に入る女性だった。

次の瞬間――
私を見つけて

私を恐ろしい形相で睨《にら》みつけた彼女は
両手で自分の顔を覆《おお》うと
私とは反対の方向へ
走り去ってしまった。

Ⅱ

この辺に
あんな女性が
住んでいたなんて――

あれ以来　ずっと
私は　彼女の事を考え続けていた。

彼女の事が
・・・
好きになってしまったのである。

「バケモノー！」

唯《ただ》　街を歩いているだけなのに
通り掛かった子供達から
あんな風に馬鹿にされたら
どんなに辛いだろう？

どんなに苦しいだろう？

私は
何とかして　彼女にもう一度
逢いたいものだと思った。

たとえ
顔が半分　崩れているからって
それは絶対に　彼女のせいではない！

——可哀想だ
　彼女が本当に可哀想だ！

唯《ただ》の同情などではない。

私は　本当に心の底から
彼女に恋をしてしまったのだった。

Ⅲ

あの日以来　私は
何度も　何度も
あの公園を歩き廻った

が、
彼女には出逢えなかった。

そんな或る日
私は　ハッと思い当った。

――夜だ。
彼女に逢えるとしたら
それは
　　きっと暗くなってからだ。

あんな醜い顔をしているのだもの
昼間は出歩かないだろう――

私は
夕方　日が落ちて暗くなるのを待って
毎日　毎日
公園のベンチに坐って

彼女が現れるのを待ち伏せし続けた。
夏が過ぎ、
秋の風が吹き始めた頃だったろうか

いつものように
公園の方へ歩いていった私は
ベンチに誰かが坐っていて
密かに啜《すす》り泣いているのに気がついた。

「！」

その人は私に気づくと
突然　立ち上がり
私とは反対の方向へ
駈け出したのだった。

「待って下さいー！」

私は彼女にすぐ追いつく事が出来た。

彼女が何かにつまずいて
草道の上に倒れ込んで
しまったからだった。

・・あの女性だった。

「待って下さい――
私は
貴女《あなた》の事を
ずっと　待っていたのです！」

倒れたまま
一瞬　私の方へ向き直った彼女は
私の言った事が
全く理解できないようだった。
「イヤ、見ないで！

見ないで!」

彼女は両手で
必死に　自分の顔を隠そうとした。

そんな彼女を
助け起こしながら
静かに　私は言った。

「私はね
ずっと　貴女《あなた》に逢える日を
待ち続けていたのですよ

――――――――――――――――

僕と友達になって
　下さいませんか？」

多分　彼女は　又
「バケモノ！」と
罵倒されると思っていたのだろう
一瞬　キョトンとした顔をすると
次には
憎悪の炎を両眼に浮かべ
吐き捨てた――

「あたしを…
あたしを馬鹿にして
いたぶっているのね！」

一体　どうしたら
分ってもらえるのだろうか…？

次の瞬間　私は
心の底から感情を込めて彼女に言った

「僕はね――
僕は貴女の仲間なのです！

僕の顔を見て下さい
こんなに醜いでしょう？」

私の言葉を聴いた彼女の心は
混乱してしまったようだった。

「僕の顔をよく見て下さい
『バケモノ』みたいでしょう？
醜いでしょう？」

暗闇の中ではあったけれど
彼女はゆっくり立ち上がると

私の顔を見つめ
ポツンと言った。

「あなたは……
全然　醜くなんかない
普通の顔だわ……」

どうやら彼女の心が
落ち着いてきたようだったので
静かに私は付け加えた。

「僕は小夜人《サヨト》と言います

小さな夜の人と書きます――
よろしかったら御名前を…？」
しばらく黙りこくっていた彼女は
又しても　ポツリと呟《つぶや》いた。
「美夜子《ミヤコ》――
『美しい夜の子』です」
かわいそうに
彼女はブルブル震えて怯《おび》えていた。

「あたしを…
あたしをからかっているのでしょう？」

彼女は
その両瞳《め》に涙さえ浮かべているのだった。

私は又　キッパリと彼女に告げた。

「貴女《あなた》さえ良かったら
この僕とお友達になって
下さいませんか？」

私は　そっと優しく
自分の右手を彼女の胸の方へ差し伸べた。

彼女は　少しの間
ためらっていたけれど
やがて
自分の右手をおずおずと
私の手の方へ差し出した。

「美しい夜の子…
美夜子さん――？
僕達ふたり

お友達になれると
思うのだけれど――？」

まだ　彼女は
下を向いたまま
じっと黙っていた。

それ迄　他人に対して
堅く閉ざされていた彼女の心は
容易にほぐせなかった。
――ムリもない
今迄　散々　人から

自分の顔の「傷」の事を

指差され

「バケモノ」扱いされてきたのだから――

「あたしを…

―あたしの事を

からかっているのでしょう?」

あまりにも　か細い声だったので

私は心配になってしまった。

「―美夜子さん

僕が貴女《あなた》の顔の事をからかうような
そんな嫌な人間に
見えますか？」

彼女が両手で顔を覆《おお》って
激しく泣き出してしまったので
私は
彼女の両手を優しくそっと
自分の両手で包んでやった

「――もし　貴女《あなた》さえ良ろしければ
僕の友達になって

下さいませんか？
駄目ですか？」

「小夜人《サヨト》さん……
あたし、
あたし――」

その瞬間
私達二人の心は
確かに一つにしっかりと結ばれた。

Ⅳ

私は　ずっと昔から
どこも何の欠点の無い女性とは
お付き合いは出来ないだろうと
何となく　そう思っていた

——その点
美夜子は顔の左側半分に
「欠陥」が有ったから
私も少し気が楽だった

美夜子は人混み、雑踏を嫌った
私も　そうだった

美夜子は昼の光を嫌った
私も　そうだった

美夜子は一人暮らしだった
私も　そうだった

私と美夜子の家は
そう遠くは離れていなかったから
私達二人が「逢瀬」を重ねる回数は

どんどん増えていった

但し
〝逢瀬〟と言っても
夜　暗くなってから
公園のベンチで人目を避けて
小さな声で二人だけの話をする——
そんな程度だったが。

美夜子は
何かにつけて自分の顔の左半分を
隠そうとした

無理もない事であった

彼女はいつも
あまり自分の方から話をしようと
しなかったので
話をするのは　もっぱら
私ひとりだけだった。

私はそんな彼女の事を
心の底から好きになってしまった――

「逢瀬」を重ねるにつれ

いつしか私は
美夜子の髪や腕に触れるように
なってしまっていた
(彼女は物凄く　それを嫌がった)

――秋が冬に
変ろうとしていた頃だったか
私はついに――

いつものように　夜遅く
公園のベンチに隠れるように
私と美夜子は並んで坐っていたが

二人で話していた話題が
途切れたのを見計らって
私は
美夜子の顔の〝醜い〟左半分に
私の唇を押しあて
熱いキスを施《ほどこ》したのだった――

その瞬間
ビクッと身体《からだ》全体を震わせた美夜子は
ジッと私の顔を見詰め
「どうして……？」
とか細く呟《つぶや》いた。

私は熱い調子で
「好きだ。
美夜子さん
僕は君がとっても好きだよ！」
と続けて言った。

美夜子は突然立ち上がると
闇の中に走って逃げて行ってしまった。

V

「あんな事」が起こってからというもの
私と美夜子は何となく逢い難く
遠去かってしまっていた

それでも
私の美夜子に対する気持ちは
ちっとも変りはしなかった。

そんな或る日――

久し振りに美夜子が
私と逢ってくれる事になった。

私は彼女に面と向かって
「キレイだよ、美夜子さん」
と告げた。

本当に心から
彼女の事を綺麗だと思ったからだった。

そして　もう一度
「綺麗だよ」

と私が言おうとした瞬間
美夜子は両手で自分の顔を覆《おお》うと
激しく啜《すす》り泣き始めた。

――彼女は
そのまま
闇の中へやはり走り去って行った。

それから――
美夜子はプッツリと
私のいる街から
姿を消して

いなくなってしまったのである。

Ⅵ

美夜子が突然姿を消して
いなくなってしまってから
数ヶ月が経った――

私は落胆していた。

「好きだ」

と彼女に告げたのがいけなかったのか？

「キレイだよ」

と私が言ったのを

私が彼女をからかっていると
思い込んだのだろうか？

ムリもないよな……
あの顔だものな……

いやいや
不謹慎だ。
彼女の醜い顔の事は思うまい——

夜になると
私は毎日

かつて私と美夜子の二人で語り合った
公園のベンチに腰を下ろし
一人で物思いに沈んでいた

――普通の女の子は駄目だ――
どこも何も欠点の無い
普通の女の子は
僕の事なんか
相手にしてくれないんだよな――

美夜子さん…
一体　どうして

僕の前から
いなくなってしまったの？
「あんな事」を
僕が言わなければ
良かったのかな――

その時だった。

「小夜人《サヨト》さん!?」

暗闇の中で不意に呼びかけられ
私はギクッとした。

「小夜人《サヨト》さん⁉」

あの声だ

あの女性《ひと》の声だ……

夢にまで見た女性　美夜子が

私の目の前に立っていた。

「美夜子さん……！」

髪を豊かに長く伸ばし

後ろで束ねているから

一瞬途惑ったけれど
彼女の顔は
「あの顔」のままであった。

「美夜子さん……」

私は　彼女の名前以外
何も言わなかった
否、
言えなかった。

そして…

「小夜人《サヨト》さん、
あたしね……」

美夜子は珍しく微笑んでいた
明るく
ごく普通の
そこら辺の若い女性と少しも変らず……

彼女は続けた

「ねえ、
あたしね

今度　手術をするのよ」

「え？」

「来月
顔の手術を受けるのよ！
そうすれば……」

「そうすれば？」

「この顔が
元に戻るかも知れないわ！」

美夜子はこの上なく嬉しそうだった
そりゃ
そうだろう
若い女の子にとって
一番大切な「顔」が
元通りになって
返ってくるかも
知れないのだから――

「よ、よかったね！
本当にそれは良かったね…」

「でも
手術が上手《うま》く
成功したらの話だけれどもね…」

私は
いても立ってもいられなくなって
いきなり立ち上がると
ギュッと両腕で
美夜子の体を力一杯抱き締めた。

「本当に良かったね…
手術、絶対に

うまくいくよ
絶対に…！」

「ウン、有り難う
小夜人《サヨト》さん、
本当に有り難う…」

それから暫《しばら》くの間
私達二人は
じっと抱き合ったまま
動かずにいた――

Ⅶ

・・・その日は

間もなく訪れた。

美夜子が顔の復元手術をする日が

遂にやって来たのである。

私は信じていた。

彼女の顔の手術は

絶対に成功すると――

私は一日中
家の自分の部屋に籠《こも》って
ただ　祈り続けた。

「彼女の顔の復元手術が
成功しますように……」

その他の点では
いつもの日常と何ら変らずに
その日は過ぎ、
そして暮れた。

Ⅷ

あっという間に
何日かが過ぎた。

私は敢《あ》えて
病院へ彼女を見舞いには
行かなかった。

心の底の何処《どこ》かで
彼女の顔の手術が

もしも「失敗」していたら……
と恐れていたからである。

でも
やはり逢いたかった
死ぬ程
彼女に逢いたかった。
手術の日から
一週間が経っていた。

私は

自分の心を抑えられず
遂に
病院へ行って
彼女に逢う事に決めた

彼女が手術をした
病院の場所は分っていた

駅まで歩き
電車に乗り
駅で降りて
又　歩いた

花は買わなかった
手術が失敗して
彼女がふさぎこんで
いるかも知れないと
考えたからである

少しづつ
少しづつ
彼女のいる病院へと
私は近づきつつあった

私の心臓は

ドキドキ　ドキドキ
高く脈打っていた

美夜子さん…

そして　とうとう
彼女がいる筈《はず》の病院が
見えてきた

病院は
割と大きな病院だった

病院の入口のすぐ右側に
小さな中庭が
見えていた

早く彼女に逢いたかった

と　その時…
道路の向こう側の
病院の中庭に
彼女が腰を下ろして
向こうを向きながら
坐っているのがハッキリ見えた。

「美夜子さん！」

思わず　私は
彼女の方に向けて
大声を出してしまっていた

—彼女が私の方を振り向いた

その彼女の顔！

手術は
成功したのだ…。

今迄に出逢った事も無いような
完全な美しい女性の顔が
そこにあった。

私は彼女に向かって
真直《まっす》ぐ歩いていった

車がひっきりなしに
行きかう道路を
信号に気づく事もなく
彼女へ向けて
一人で横断していたのだった

こっちに気がついて
微笑んでいた美夜子が
あっと声をあげたのと
ほぼ同時に
私は右側から猛スピードで来た
オートバイに
勢いよく
はね飛ばされてしまっていた

私はそのまま
意識を失なってしまった。

Ⅸ

気がつくと　私は
病院のベッドに寝かされていた
私は　右手をそっと挙《あ》げ
「美夜子さん…」と
唸《うな》り声をあげた
「小夜人《サヨト》さん！」

信じられない事に
私のベッドのすぐ傍《そば》で
彼女が椅子に坐って
心配そうに
私を見守っていてくれたのだった

「美夜子さん…」

私は身体《からだ》を起こし
彼女の顔を改めて
まじまじと見詰めてみた

「手術は…」

「うん、成功したのよ！」

美しかった
本当に　美夜子は
この世の女性とは
思えない程
美しく輝く顔をしていた

私は何げなく　右手で
自分の顔を触ってみた

その時
私の顔は包帯でグルグル巻きに
されているのに気がついた

「！」

美しい美夜子は私に向かって
優しく囁《ささや》いた

「だめよ　まだ—
貴方《あなた》の顔の包帯が取れる迄
一週間かかるんですって！」

私は再び
ベッドの上に横になった

「美夜子さん…？」
「え？」

僕と結婚して下さい——
そう伝えたかったのだが
口を噤《つぐ》んで
黙っている事にした

——この顔の包帯が取れたなら

彼女にプロポーズしよう――
私の理性が
私にそう命令したのだった

そして
又　一週間が
瞬《またた》く間に過ぎていった

X

私の顔の包帯が取れるという
その日は　朝から
美夜子が私のベッドの傍で
ウキウキ心弾《はず》んでいる様子だった
美夜子は花束を手にしてさえしていた

「本当に良かったわね
あたしね、

小夜人《サヨト》さんの事
　前から……」

その時
担当の医師と看護師さんが
入ってきて
これから私の顔の包帯を取るので
美夜子に病室の外へ出るようにと
告げた

美夜子は持っていた花束を
私の傍の机の上に置くと

微笑みながら
大人しく病室の外へ出て行った

担当の医師と看護師さんは
丁寧にゆっくりと
私の顔の包帯を取り除いていった

そして
包帯がすっかり
取り除かれると
二人は一瞬黙り込んだが
そのまま

黙って私の病室を後にした

二人が出て行くのと
殆んど同時に
美夜子が中に入ってきた
ところが――

「キャーッ！」

私の顔を一目見るなり
そう美夜子は
悲鳴をあげたのだった――

「バケモノ――」

そう叫ぶなり
彼女は私の病室から
飛んで逃げ出して
行ったのだった

XI

私は手鏡を手にして
ただ　呆然としていた

「・・・・バケモノ――」

確かに彼女はそう叫ぶと
私の前から逃げ出していった

「バケモノ――」

バケモノか……
手鏡の中に映し出された
私の顔は
確かに醜く
恐ろしいものだった

美夜子さん…
僕は貴女《あなた》の事が
本当に好きでした
「結婚」さえ――

美夜子と二人で過ごした

短い夜の逢瀬の光景が
走馬燈のように
頭の中に浮んでは消えていった

「バケモノ――」
そう美夜子は私の顔を見るなり
悲鳴をあげて逃げていったが
彼女の事を怨《うら》む気には
なれなかった

今の私の顔は
誰が見ようと

「バケモノ」のそれであったから――

私は或る事を決心すると
病室のベッドに倒れ込んで
泥のように唯《ただ》眠り続けた

Ⅻ

私が待っていたのは
「雨」であった

私が病室で美夜子と最後に逢った
その翌々日、
私が待ち望んでいた「雨」が
朝から降り出したのであった

そして

夜になっても
冷たい凍るような冬の雨が
止む気配はなかった

私が大好きな「月」は
雨のせいで全く見えなかった

私の顔を見ても
悲鳴をあげて逃げ出さない
「雨」と「月」だけが
今の私の伴侶《はんりょ》であった

美夜子さん――

もう　彼女の事は忘れよう

忘れよう　としたが
無駄であった
忘れられないのなら
それでもいいか――

夜半過ぎ
私は音を立てず
そっと病室を一人抜け出ると

病院一階の裏口から
外へ忍び出た

冷たい雨が
私の体を叩いて全身が痛かった

何故だか分らないけれど
昔から
私が死ぬ時は
「雨の日」なのだと
決めてかかっていた

これで
これで良かったのだ——

私は
何処《どこ》かしら欠点のある女性としか
お付き合い出来ない男だった

どこも何ともない
普通の女性は駄目なのだった

美夜子さん——
あの女性《ひと》は

これから　きっと
ハンサムで格好いい男性と
どんどん付き合って
そして結婚して
幸せな家庭を築いてゆくのだろう

それならそれで
いいではないか——

あの事故のことを
今さら悔いても
仕方のない事だった

雨が——
雨が一段と強く
叩きつけるようになってきた

私はヨロヨロと
二、三歩　前へ歩いたかと思うと
ドサッと地面の上に倒れ込んだ

そして　空を向いて大の字に
仰向けになった

叩きつける雨が痛かった

ここでずっと
こうしていれば
死ねるだろうと思った

神よ――
私はここで
死ぬのですね――

その瞬間《とき》だった

遠い何処《どこ》かから
私の名前を大声で呼ぶ声が

確かに間違いなく
私の耳に聴こえたのだった

それは　何か
とても懐《なつ》かしい
そう
まるで　あの大好きだった
美夜子の声に
そっくりな
甘くて優しい声であった。

（完）

[著者略歴]

サンディ・ハート（Sandy Heart）
1959年12月30日生まれ。
昭和58年　学習院大学文学部卒業。
平成元年　東京都立大学英文学専攻卒業。
愛読書：「二十歳の原点」（高野悦子著）
「ウンディーネ（水妖記）」（F・フーケー著）
「嵐ヶ丘」（エミリー・ジェーン・ブロンテ著）
既著書：「Angel In The Rain」（ソネット・ブルー名義）

エンジェル・イン・ザ・レイン

著　者　サンディ・ハート

発行日　2014年11月7日　第1刷発行

発行者　田辺修三
発行所　東洋出版株式会社
〒112-0014　東京都文京区関口1-23-6
電話　03-5261-1004（代）
振替　00110-2-175030
http://www.toyo-shuppan.com/

印　刷　日本ハイコム株式会社
製　本　ダンクセキ株式会社

ISBN 978-4-8096-7755-7
ISO14001取得工場で印刷しました

【本文写真】アフロ提供